戸渡阿見　絵本シリーズ

てんとう虫《むし》

作 ● 戸《と》渡《と》阿《あ》見《み》

絵 ● いとうのぶや

てんとう虫《むし》が、琵琶湖《びわこ》の浜《はま》の林《はやし》を抜《ぬ》ける。

草《くさ》むらの小《ちい》さな枝《えだ》に、ちょこんと止《と》まり、小休止《しょうきゅうし》している。
今度《こんど》はあの、大《おお》きな木《き》の葉《は》っぱに飛《と》び、
よければそこに住《す》むつもりなのだ。
琵琶湖《びわこ》の湖面《こめん》を流《なが》れる風《かぜ》が、てんとう虫《むし》の触角《しょっかく》をなでる。

「飛《と》ぼうかな、やめようかな」
風《かぜ》があまりにも気《き》持《も》ちよく、そこを離《はな》れる気《き》がしない。

郵便はがき

料金受取人払郵便

荻窪支店承認

8278

差出有効期限
平成22年
3月18日まで
(切手不要)

167-8790

185

東京都杉並区西荻南2-20-9
たちばな出版ビル

株式会社 たちばな出版

戸渡阿見 絵本シリーズ

『てんとう虫』 係行

フリガナ	
おなまえ	
ご住所	〒　　　—
電話番号	—　　　—
eメール アドレス	@

◆通信販売も致しております。挟み込みのミニリーフをご覧ください。
電話 03-5941-2611（平日10時～18時）

◆ホームページ（http://www.tachibana-inc.co.jp/）からもご購入になれます。

性別	男・女	ご職業		年齢	歳

◆ご購入書名　　戸渡阿見 絵本シリーズ『**てんとう虫**』

◆**本書のご購入方法をお知らせください。**
　　① 書店(　　　　　　　　　　　市・町　　　　　　　　　　書店)
　　② インターネット通販(サイト名：　　　　　　　　　　　　　)
　　③ 当社通販　④ その他(　　　　　　　　　　　　　　　　　)

◆**本書をどのようにしてお知りになりましたか？**
　　① 書店　② 当社目録　③ ダイレクトメール　④ 人から勧められて
　　⑤ 広告で(朝日・毎日・読売・日経・産経・その他　　　　　　)
　　⑥ その他(　　　　　　　　　　　　　　　　　　　　　　　)

◆**本書購入の決め手となったのは何でしょうか？**
　　① 内容　② 著者　③ 絵　④ カバーデザイン　⑤ タイトル
　　⑥ その他(　　　　　　　　　　　　　　　　　　　　　　　)

◆**本書のご感想をお聞かせください。**

◆**絵本化を希望する戸渡阿見作品がありましたら、お書きください。**

◆**あなたの好きな絵本、心に残っている絵本を教えてください。**

　　　　　　　　　　　　　　　　　ご協力ありがとうございました。

当社出版物の企画の参考とさせていただくとともに、新刊等のご案内に利用させていただきます。また、ご感想は、お名前を伏せた上で、当社ホームページや書籍案内に掲載させていただく場合がございます。

「飛《と》ぼうかな、もう少《すこ》しもう少《すこ》し、このままここにいようかな」

てんとう虫《むし》がぐずぐずしていると、湖畔《こはん》から音楽《おんがく》が聞《き》こえてきた。

そのリズムに乗《の》って、若者達《わかものたち》は踊《おど》り狂《くる》っている。

てんとう虫《むし》は、あまりにも気持《きも》ちいい風《かぜ》に、
目《め》をうっとりさせている。
しかし、その躍動感《やくどうかん》あるリズムが、体《からだ》に伝《つた》わり、
少《すこ》しずつ、手足《てあし》が踊《おど》り始《はじ》めるのだった。

だんだん乗《の》ってきたてんとう虫《むし》は、
その音楽《おんがく》の鳴《な》る所《ところ》が気《き》になり、思《おも》わず飛《と》び立《た》った。
「いったい、誰《だれ》がこの音楽《おんがく》を奏《かな》で、
どんな人達《ひとたち》が踊《おど》っているのだろうか」
気《き》になって、見《み》に行《い》くてんとう虫《むし》は、
自分《じぶん》も、その人達《ひとたち》と一緒《いっしょ》に踊《おど》りたくなった。
微《かす》かな、蚊《か》より微《かす》かな音《おと》を立《た》て、
てんとう虫《むし》はウキウキと飛《と》ぶ。

「いったい、この音楽《おんがく》はなんという曲《きょく》かな」
と思《おも》いつつ、ある若者《わかもの》のTシャツに止《と》まった。
すると、驚《おどろ》いたことに、
湖畔《こはん》で踊《おど》る三十人《さんじゅうにん》ばかりの若者《わかもの》の背中《せなか》に、
てんとう虫《むし》がウジャウジャ居《い》るではないか。

その数《かず》、三万六千匹《さんまんろくせんびき》。
てんとう虫《むし》は驚《おどろ》いた。
「なんで、こんなに多《おお》くの……。
ぼくの仲間《なかま》が……」
あとはもう、声《こえ》にならない。
体《からだ》は固《かた》まって、まるくまるく、
赤《あか》いパチンコ玉《だま》のようになった。

もう、Tシャツには止《と》まってられない。
そのまま、コロコロ砂地《すなじ》に落《お》ちて、
転《ころ》がるしかなかった。
仲間《なかま》のてんとう虫《むし》は、
みんな楽《たの》しそうに踊《おど》っている。

人間《にんげん》とてんとう虫《むし》が、
一体《いったい》となって夢中《むちゅう》で踊《おど》り狂《くる》っている。
この音楽《おんがく》は、てんとう虫《むし》を喜《よろこ》ばせ、
呼《よ》び寄《よ》せる魔力《まりょく》があるのだ。
固《かた》まって転《ころ》がるてんとう虫《むし》も、
だんだん楽《たの》しくなり、
赤《あか》い玉《たま》から元《もと》の姿《すがた》に戻《もど》った。

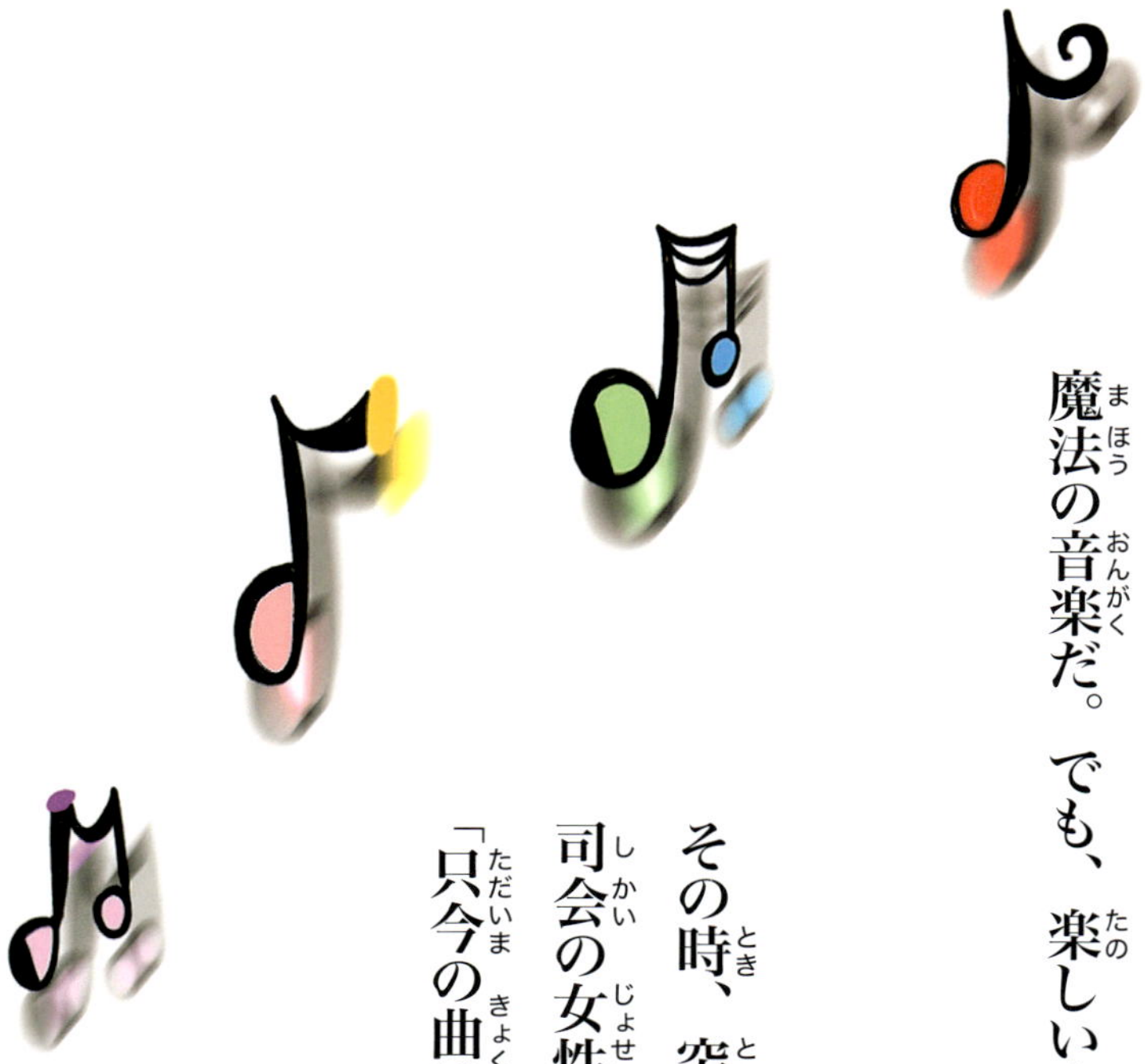

てんとう虫《むし》は首《くび》をかしげ、つぶやいた。
「不思議《ふしぎ》な音楽《おんがく》だ。
魔法《まほう》の音楽《おんがく》だ。でも、楽《たの》しい……」

その時《とき》、突然《とつぜん》音楽《おんがく》が止《や》んだ。

司会《しかい》の女性《じょせい》がマイクで言《い》う。

「只今《ただいま》の曲《きょく》は、『てんとう虫《むし》のサンバ』でした……」

「それで、転《ころ》んだのかあ……」

てんとう虫《むし》は、妙《みょう》に納得《なっとく》した。

その時《とき》、興奮《こうふん》から醒《さ》めた、
一匹《いっぴき》の雌《めす》のてんとう虫《むし》が砂地《すなじ》を転《ころ》がる。

コロコロ、コロコロ、苦《くる》しそうに転《ころ》がっている。

「いったい、どうしたんだ」

われに返《かえ》ったてんとう虫《むし》が、雌《めす》のてんとう虫《むし》の所《ところ》に飛《と》んでゆく。

心配《しんぱい》そうに見《み》つめていると……、

「そんなに見《み》ないで」

雌《めす》のてんとう虫《むし》は、恥《は》ずかしそうに言《い》った。

「あ、いや、ごめんなさい。ちょっと、心配《しんぱい》だったんで。

あの……。君《きみ》、ここで何《なに》してるの？」

てんとう虫《むし》がおそるおそる聞《き》くと、
雌《めす》のてんとう虫《むし》は、キッパリ言《い》った。
「私《わたし》は妊娠《にんしん》してるの。
踊《おど》りすぎて、今《いま》、お腹《なか》から卵《たまご》が出《で》そうなのよ」
「そ、それじゃ、今《いま》から病院《びょういん》に行《い》かなきゃ」
「ばかな事《こと》言《い》わないで。
てんとう虫《むし》の産《さん》婦《ふ》人《じん》科《か》なんか、
この琵《び》琶《わ》湖《こ》周辺《しゅうへん》にあるわけないじゃない。
いい病院《びょういん》は、六甲山《ろっこうさん》にしかないのよ」

「ああ、あの有名《ゆうめい》な『六甲産《ろっこうさん》婦虫科《ふちゅうか》病院《びょういん》』かあ」

「そうよ」

「じゃあ、君《きみ》、これからどうするつもりだい」

「自分《じぶん》で産《う》むわよ」

「だ、だ、大丈夫《だいじょうぶ》かい。自分《じぶん》で産《う》むなんて……」

「大丈夫《だいじょうぶ》よ。前《まえ》にも一度《いちど》、甲子園球場《こうしえんきゅうじょう》の蔦《つた》でも産《う》んだわ」

「す、すごーい。君《きみ》って、精神力《せいしんりょく》あるんだね。
ぼくの姉《あね》なんか、初《はじ》めて産卵《さんらん》するとき、大変《たいへん》だったんだ。
親戚中《しんせきじゅう》が集《あつ》まってね。
医者《いしゃ》や看護師《かんごし》や助産師《じょさんし》さんも来《き》て、大騒《おおさわ》ぎだったんだ」

「ふうーん。私《わたし》はぜんぜん平気《へいき》よ」

「へえー。どうしてなんだい」

「私《わたし》は……。こう見《み》えても、てんとう虫《むし》のサンバなのよ。

自分《じぶん》の卵《たまご》ぐらい、自分《じぶん》で産《う》めるのよ」

「ほお……」

戸渡　阿見（とと　あみ）プロフィール

兵庫県西宮市出身。本名半田晴久。1951年生まれ。同志社大学経済学部卒業。武蔵野音楽大学特修科（マスタークラス）声楽専攻卒業。西オーストラリア州立エディスコーエン大学芸術学部大学院修了。創造芸術学修士（MA)。中国国立清華大学美術学院美術学学科博士課程修了。文学博士（Ph.D）。中国国立浙江大学大学院中文学部博士課程修了。文学博士（Ph.D）。カンボジア大学総長、人間科学部教授。中国国立浙江工商大学日本言語文化学院教授。その他、英国、中国の大学で、客員教授として教鞭をとる。現代俳句協会会員。社団法人日本ペンクラブ会員。小説は、短篇集「蜥蜴」、「バッタに抱かれて」。詩集は「明日になれば」などがある。小説家・長谷川幸延は、親戚にあたる。
戸渡阿見公式サイト　http://www.totoami.jp/　(08.02.21)

いとうのぶや（伊東　宣哉）プロフィール

1956年　京都府生まれ
1976年　「ITU青少年作品コンクール」国際賞第1位
同年武蔵野美術大学造形学部基礎デザイン学科入学
1990年　日本オリンピック委員会キャラクターデザインコンテスト優秀賞
2000年　旧郵政省主催 「21世紀の年賀状額印面デザインコンクール」優秀賞
2002年　文化庁メディア芸術祭にてデジタルアート［ノンインタラクティブ部門・CG静止画］審査委員会推薦作品に選出
2004年　タイ王国大阪総領事館主催「ディスカバリング・タイランド」絵画コンテスト審査員
2006年　9月　ギャラリー80にて「伊東宣哉／葉月慧2人展　流れる花と揺れる人展」開催
11月　日本の鬼の交流博物館にて「流れる花展」開催
日本児童出版美術家連盟会員

戸渡阿見 絵本シリーズ　**てんとう虫**

2008年3月18日　初版第1刷発行
2008年4月15日　　　第2刷発行

作 ―――― 戸渡阿見
絵 ―――― いとうのぶや
発行人 ―― 笹　節子
発行所 ―― 株式会社　たちばな出版
〒167-0053　東京都杉並区西荻南2-20-9　たちばな出版ビル
TEL　03-5941-2341（代）
FAX　03-5941-2348
ホームページ　http://www.tachibana-inc.co.jp/

デザイン ―― 環境デザイン研究所
印刷·製本 ―― 共同印刷株式会社

ISBN978-4-8133-2162-0

戸渡阿見 絵本 シリーズ

戸渡阿見の短篇小説が素敵な絵本になりました。

『雨』

迫力があって男らしく、集中豪雨でニュースにもなる“どしゃ降り”さんと、ロマンチックな文学に登場したり、食べ物にたとえられたりする“春雨”さん。お互いをうらやましがる二人が仲良く語らっているところに、突然乱入してきたのは……。

琵琶湖を舞台に、表情豊かな雨たちが繰り広げる、詩情あふれる物語。

作●戸渡阿見　絵●ゆめのまこ

B5変型判・上製本／本文56ページ　定価：1,050円

『チーズ』

少年が、『十勝』と書いてあるチーズを食べようとすると、チーズから赤い液体がにじみ出た。驚く少年の前に、黒髪の怪物が現れる。その正体とは？

チーズから血が出たわけは。少年の運命は……？

摩訶不思議な戸渡阿見ワールドを、存分にご堪能ください。

作●戸渡阿見　絵●ゆめのまこ

B5変型判・上製本／本文72ページ　定価：1,050円

『てんとう虫』

琵琶湖畔の小枝に止まっていたてんとう虫は、聞こえてきた音楽につられて踊り出す。「いったい、この音楽はなんという曲かな」。その音楽は、てんとう虫を喜ばせ、呼び寄せる魔力がある音楽だった。楽しそうに踊る仲間の中で、雌のてんとう虫と出会った彼は……。

湖面を流れる風を感じる、爽快な作品です。

作●戸渡阿見　絵●いとうのぶや

B5変型判・上製本／本文24ページ　定価：840円

『わんこそば』

盛岡駅に車を停めて、わんこそばのお店に入った“ぼく”。

お店のお姉さんが出してくれた漆塗りのお椀の蓋を開けると、お椀の底に、金泥で描かれた犬の顔があった！

怖くなって蓋を閉めた“ぼく”が、もう一度蓋を開けると……。

戸渡阿見が綴る、軽妙洒脱な世界。

作●戸渡阿見　絵●いとうのぶや

B5変型判・上製本／本文24ページ　定価：840円

『リンゴとバナナ』

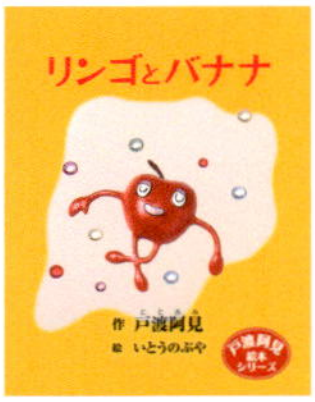

バナナ「足がこむら返りになると、おぼれるぞ」

リンゴ「そんなバナナことにはならんよーだ」

プールを舞台に、リンゴとバナナが繰り広げるギャグの応酬。悩める人も、悩みのない人も、真っ白な気持ちで戸渡阿見ワールドに身を委ねてみてください。きっと幸せな気持ちになれることでしょう。

作●戸渡阿見　絵●いとうのぶや

B5変型判・上製本／本文20ページ　定価：840円

『ある愛のかたち』

太陽がまぶしい。そこで部屋に戻り、トイレに行った。まぶしかった太陽を思い浮かべていると、ツルツルと気持ち良くうんこが出た。卵を産んだ雌ジャケの周りを、雄ジャケが泳いで白い液をかけるように、黄色いオシッコがあとを追って勢い良く出た。そこから、愛の物語が始まった——。戸渡阿見が紡ぎ出す、崇高な愛の物語。

作●戸渡阿見　絵●いとうのぶや

B5変型判・上製本／本文36ページ　定価：1,050円